SCM

Stiftung Christliche Medien

SCM ist ein Imprint der SCM Verlagsgruppe, die zur Stiftung Christliche Medien gehört, einer gemeinnützigen Stiftung, die sich für die Förderung und Verbreitung christlicher Bücher, Zeitschriften, Filme und Musik einsetzt.

4. Gesamtauflage 2018

Max-Eyth-Straße 41 · 71088 Holzgerlingen
Internet: www.scm-verlag.de; E-Mail: info@scm-verlag.de

Gesamtgestaltung: Miriam Gamper-Brühl, Agentur 3Kreativ, Essen

Titelfoto: Shutterstock/Rawpixel.com; Illustration: Shutterstock/zeber
Illustrationen aus: © Shutterstock/Irmak Akcadogan
Fotos: Shutterstock: S.8 William Perugini/ S.11 Albina Glisic/ S.12 travelview/ S.15 Maxim Blinkov/ S.19 YanLev/ S.20 Yalana/ S.24 Masson/ S.27 Yuriy Kulik/ S.28 Phase4Studios/ S.31 Toha Rosovskyi & Balkhi/ S.35 N Azlin Sha/ S. 40 Luti/ S.43 Henrique Daniel Araujo/ S.44 Wayne0216/ S. 47 oliveromg/ S.48 Phovoir/ S.51 Sabphoto/ S.52 zhu difeng/ S.55 HolyCrazyLazy/ S.56 Art Stocker

Druck und Bindung: dimograf
Gedruckt in Polen
ISBN 978-3-7893-9810-0
Bestell-Nr. 629.810

www.doro-zachmann.de

Doro Zachmann

Leb dein Leben!

Zur Konfirmation

SCM

Konfirmation – und jetzt?

Du bist konfirmiert!
Herzlichen Glückwunsch!

Das ist ein wichtiger Tag für dich.
Du hast Gäste eingeladen zu diesem besonderen Gottesdienst,
zu deinem ganz persönlichen Fest.
Deine Familie, deine Verwandten, deine Freunde
feiern und freuen sich mit dir.
FUNtastisch!

In den vergangenen Monaten hast du
viel gehört und gelernt.
Von Gott war die Rede, von Jesus, vom Heiligen Geist,
von Kirche, Bibel und vielen anderen Basics,
die für den christlichen Glauben wichtig sind.

Aber was jetzt?

Lässt du es vom Kopf ins Herz rutschen?

Wird Gott für dich wichtig sein?

Am Montag wird dich dein Alltag wieder einholen.
Der Konfirmationsunterricht fällt weg,
und du wirst wohl froh sein,
wieder mehr Freizeit zu haben
und die auswendig gelernten Bibelstellen
wieder vergessen zu dürfen.
Und ob du sonntags in den Gottesdienst gehen wirst,
wirst du dir wohl auch überlegen.
Verständlich! Alles ganz normal. That's life!

Aber von diesen äußeren Formen
hängt dein persönlicher Glaube auch nicht ab!
Gott führt keine Strichliste.
Ihm geht es einzig und allein um dich:
Er möchte eine lebendige Beziehung mit dir!

Es bleibt also deine Entscheidung!
Du allein bestimmst,
welchen Platz du Gott in deinem Leben gibst.
Eins steht fest: Gott will mit dir unterwegs sein, jeden Tag neu.
Jesus will mit dir leben,
aber er drängt sich nicht auf.
Er wartet geduldig auf dich, wartet, dass du ihn einlädst,
dir nah zu sein.

Lass dich heute so richtig feiern,

genieße diesen besonderen Tag.
Es ist deine Party!

Jetzt geht dein Leben erst richtig los!
Genieße es in vollen Zügen
und nimm es als Gottes persönliches Geschenk
an dich!

Du bist genial!

Absolut klasse,
einfach umwerfend!

Schon allein deshalb, weil es niemand gibt,
der genau so ist wie du. Du bist einmalig!
Unter all den sieben Milliarden Bewohnern dieser Erde
gibt es keinen einzigen Menschen,
der dir gleicht.
Niemand hat dieselben Gedanken,
dasselbe Lachen,
deinen typischen Style.
Du bist kein Klon, kein Panini-Abziehbild.
Du bist ein absolutes Original,
genau so, wie Gott es gewollt hat.

Okay, zugegeben:
Natürlich hast auch du Macken, Probleme und Schwächen,
machst Fehler und baust hier und da echten Mist.
Aber du hast alle Voraussetzungen,
ein selbstbewusster, absolut unverwechselbarer Mann zu werden.

Du bist einzigartig, einfach klasse!

Mach was draus!

Träume

Du hast Träume?
Du hast Ideen?
Du hast Ziele?

Wunderbar!
Setz alles dran, sie umzusetzen!

**In Träumen steckt eine ganze Menge Power,
die dir hilft,
deine Ziele auch zu erreichen.**

Bleib dran,
auch wenn es Probleme gibt
und es nicht reibungslos läuft!
Bleib dran,
gib nicht auf!
Lass dich nicht entmutigen,
wenn es nicht auf Anhieb so klappt,
wie du es dir vorgestellt hast.

Versuch es weiter!
Träume nicht dein Leben, lebe deinen Traum!

Nur wer den nötigen Biss zeigt
und weitermacht,
hat auch die Chance,
da anzukommen, wo er hin will.

Lass dir deine Träume nicht rauben!

Sie sind dein kostbarster Schatz!
Sie verraten dir etwas über dein innerstes Wesen,
helfen dir, Türen zu öffnen,
können dir lebenslang
gute Freunde sein.

Just do it!

Es gibt Leute,
die haben ihr Hobby zum Beruf gemacht
und es nie bereut.
Ist das nicht herrlich?

Es muss ja nicht gleich der Job sein,
noch gehst du zur Schule.

Wofür schlägt dein Herz?

Worüber denkst du oft nach?
Wann verlierst du die Zeit komplett aus den Augen?
Was macht dir total Spaß?
Wobei hebst du so richtig ab,
wann hast du das Gefühl zu schweben
und magst gar nicht mehr damit aufhören?

Was kannst du gut?
Was fällt dir leicht
und geht ganz nebenbei?
Wofür bist du gern bereit,
auch mal nachts aufzustehen
oder andere Opfer zu bringen?
Welche Leidenschaft
will in dir noch entdeckt
oder nur wieder entstaubt werden?

Find's heraus!
Es lohnt sich!
Just do it –
und du wirst sehen:
Wenn dein Herzblut drinsteckt,
wird es der Hammer!

Entscheidungen

Immer wieder dieselbe Situation:
Du kommst an einem turning point
in deinem Leben an, an dem du entscheiden musst,
wie es weitergehen soll.

Eine Entscheidung treffen zu müssen
heißt auch immer, bewusst zu verzichten,
nämlich auf das, was die andere Möglichkeit
eventuell geboten hätte.

Und weil viele Menschen auf Nummer sicher gehen wollen,
bleiben sie oft an Weggabelungen stehen,
biegen weder nach links noch nach rechts ab.
Aus Angst, die „falsche“ Entscheidung zu treffen,
treffen sie lieber gar keine.
An diesem Punkt
kann ihr Leben stehenbleiben.
Andere werden für sie Entscheidungen treffen,
so dass sie nicht mehr frei wählen können,
wie es weitergehen soll.

Oft gibt es kein klares Richtig oder Falsch.

Es gibt immer Vor- und Nachteile,
die es abzuwägen gilt.
Und wenn sie in einer guten Balance stehen,
dann hilft nur, sich für eine Seite zu entscheiden:
die Nachteile in Kauf nehmen,
aber auch alle Vorteile auskosten.

Wo geht's lang?

Hast du Idole?
Welcher Schauspieler, welcher Sportler,
welche Bands, welche Sänger gefallen dir?
Was unterscheidet sie von allen anderen Künstlern?
Was macht sie so besonders
und hebt sie aus der Masse der Stars und Sternchen heraus?

Es gibt da etwas, was dich an diesen Personen
fasziniert, anzieht, begeistert, zum Träumen bringt …
Etwas, was du für dich und dein Leben auch gerne hättest.
Stimmt's?

Ja, es ist gut, jemanden zu haben,
zu dem man aufschauen kann,
jemanden, den man gerne nachahmen möchte,
ohne ihn wirklich zu kopieren.
Es ist gut, ein Vorbild zu haben,
vielleicht sogar im wahren Leben, zum Greifen nah!

Ein Onkel vielleicht, ein Nachbar, ein Lehrer, deine Geschwister?

Welche Person führt ein Leben, das dir gut gefällt?

Wessen Ratschlag schätzt du wirklich?
Wer sagt tatsächlich, was er denkt?
Wer vertritt, was er glaubt?
Wer zeigt, wofür es sich zu leben lohnt?

Find's heraus! Wag zu träumen!
Mach dir klar, was genau du an dieser Person klasse findest
und weshalb ihr Lebensstil dich überzeugt.
Dann bist du schon auf dem besten Weg,
ganz du selbst zu sein
und vielleicht später auch einmal ein Vorbild zu werden.

Social networking

Von wegen: Null-Bock-Generation,
die nix auf die Reihe kriegt!

Jeder Einzelne ist wichtig,
auch du!
Hab Mut,
hinzusehen, wenn Unrecht geschieht!
Setz dich für das Gute ein,
wenn etwas besser werden soll!
Misch dich ein,
wenn Dinge passieren, die du nicht in Ordnung findest.

Such dir Gleichgesinnte,

denn zusammen kriegt ihr mehr hin als jeder allein!

Wie der kleine Stein,
der ins Wasser geworfen
immer größere Kreise zieht,
kann auch dein Protest,
dein Vorbild,
dein Handeln,
dein Helfen,
deine Stimme
Großes bewirken.

Misch dich ein!

No risk, no fun

Das Leben ist ein Fest!
Wo steht geschrieben,
dass man nicht ständig Party machen
und das Leben genießen soll?
Warum alles bitter ernst nehmen,
das Komplizierte in den Vordergrund stellen,
wenn es doch auch viel easier geht?

Erwachsene haben oft Angst
vor Neubeginn, vor Veränderung,
vor mitreißender Begeisterung.
Sie machen sich ständig Sorgen:
um ihren Job, ihre Kinder, ihr Bankkonto.
Du wirst dich bestimmt manchmal fragen:
Haben die denn nichts anderes im Kopf?

Du jedenfalls musst dich noch nicht darum kümmern.

Es ist das Vorrecht deiner Jugend,

crazy zu sein,

Neues zu wagen,
vieles auszuprobieren,
Fehler zu machen
und aus ihnen zu lernen,
das Leben leicht zu nehmen
und in vollen Zügen zu genießen.

Baustelle Familie

Ja, es gibt Zeiten, da nerven einen alle.
Besonders die, mit denen man unter einem Dach wohnt:
Eltern und Geschwister.

Irgendwie scheinen alle nicht mehr ganz richtig zu ticken,
jeder geht bei der kleinsten Angelegenheit gleich hoch wie eine Bombe,
jeder scheint genau zu wissen,
welchen Zünder er drücken muss,
um den anderen zum Explodieren zu bringen.

Und Zündstoff gibt es genug:
das Taschengeld, laute Musik, Zimmer aufräumen,
Klamotten, Frisur, Schulnoten, Mithilfe im Haushalt,
nachts nach Hause kommen, sogenannter „schlechter Umgang" …

Warum nur müssen sich alle einmischen?

Warum kannst du nicht einfach deine Ruhe haben?
Wieso sollst du Rechenschaft ablegen über das, was du tust?

Haben die Eltern kein Vertrauen mehr in dich?
Glaubst du ihnen nicht, dass sie es gut mit dir meinen?

Deine Eltern müssen lernen,
dich Stück für Stück loszulassen, freizugeben,
dir mehr Verantwortung zu übergeben.
Das ist für sie auch nicht so einfach, denn sie hängen doch an dir.

Du musst deinen Eltern zeigen,
dass sie sich nach wie vor auf dich verlassen können,
auch wenn du Entscheidungen anders triffst,
als sie sich das vorgestellt haben.
Sei ihnen dankbar für das, was sie dir für dein Leben mitgegeben haben,
für das Nest, das sie dir gebaut haben
und das du nun allmählich zu verlassen beginnst.

Auch wer sich zunehmend voneinander distanziert,
weil es an der Zeit ist, eigene Wege zu gehen,
kann sich im Herzen dennoch nah bleiben.

Verliebt

Dein Herz schlägt dir bis zum Hals,

spielt einfach verrückt,
wenn du sie siehst.
Kaum ist sie in deiner Nähe,
ist dein Hirn wie blockiert,
kein vernünftiges Wort fällt dir mehr ein.

In Gedanken träumst du davon,
wie sie mit dir ins Kino geht,
wie du ihr später deine Jacke um die Schultern legst,
wenn sie friert,
und wie du ihr dein selbstgeschriebenes Liebeslied vorspielst.

Sie sieht so hammer umwerfend gut aus,
ihr Haar duftet herrlich,
es verschlägt dir den Atem,
wenn du neben ihr stehst.

Ein Tag,
ohne ihr geliebtes Gesicht
in der Masse der anderen Gesichter
gesehen zu haben,
ist ein verlorener Tag.

Wenn du ihre warme, weiche Hand in deiner spürst
und sie sich an deine starke Schulter lehnt,
könntest du die ganze Welt umarmen.
Wenn du dich in ihren schönen Augen verlierst,
fühlst du dich verstanden und daheim.
Einssein!

Frei!

Nicht mehr lange
und du bist erwachsen!
Frei!

Endlich kannst du machen, was du willst,

keiner kann dir mehr Vorschriften machen,
dir sagen, wann du ins Bett gehen
oder nach Hause kommen sollst.
Immer diese blöden Einschränkungen,
Aufforderungen, Grenzen und Befehle.
Aber bald – da musst du nicht mehr gehorchen,
da kannst du alles selbst entscheiden,
tun und lassen, was du willst.

Natürlich musst du auch an die Konsequenzen denken,
alles hat schließlich Folgen.
Und dann stehst du selbst für dein Verhalten gerade,
deine Eltern halten nicht mehr ihren Kopf für dich hin.
Du musst die Suppe selbst auslöffeln,
die du dir einbrockst.

Trotzdem:
frei, unabhängig,
selbstverantwortlich sein,
allein entscheiden,
das klingt nach Zauberwörtern,
idealen Bedingungen
für ein geniales Leben!

Akzeptier den Rahmen,
der dir momentan gesteckt ist
und versuch, nicht ständig anzuecken.
Dann kannst auch du erleben,
dass man dir und deinen Fähigkeiten immer mehr zutraut.
Schau, was dir heute schon alles möglich ist,
im Hier und Jetzt!

Frieden

Wer wünscht sich nicht,
in Frieden zu leben?
Frieden, das ist ein großes Wort.

Und doch gibt es genügend Menschen,
die stets unzufrieden sind,
die mit ihren Ehepartnern oder Nachbarn im Dauerclinch liegen.
Sogar in der Schule oder am Arbeitsplatz wird gestritten und gemobbt –
Ellenbogen-Mentalität, wohin das Auge reicht.

Sei clever – dreh den Spieß doch einfach um!

Das Geheimnis lautet:
Entscheide dich bewusst und jeden Tag neu dafür,
auf der Sonnenseite des Lebens zu stehen,
zufrieden zu sein mit dem,
was du jetzt hast, kannst, machst und bist.

Hab den Mut,
das, was dich stört, konkret anzupacken
und zu verändern.
So kannst auch du einen Beitrag zum Frieden leisten!

Du bist mehr als deine Noten!

Mangelhaft und ungenügend ...
Wer nicht mithalten kann,
ist eben ein Loser.

Höher, schneller, weiter,
besser, hübscher, reicher ...
Es gibt immer noch jemand,
der dich toppen kann,
und wenn du dich noch so anstrengst.

Lohnt es sich denn dann weiterzukämpfen,
sich anzustrengen,
Zeit und Kraft einzusetzen?
Oder sollte man lieber gleich aufgeben?

Nein! Jeder Einsatz lohnt sich! Yes, we can!

Manche Frucht kann man erst später ernten.
Sei geduldig!

Du bist weit mehr wert
als irgendeine Note, Erfolg, Geld oder Ruhm!

All deine Gaben und Talente,
deine Herzensweite, dein Charme, dein Humor,
deine Originalität und deine Kreativität,
deine ansteckende Begeisterung,
dein nachdenklicher Tiefgang
und all das andere, das in dir schlummert,
machen dich unersetzbar!

86
WAS' UP?

Money, Money, Money

Ohne Moos nix los!?
Ja, da ist schon was dran.
Wer geht nicht gerne ins Kino oder shoppen,
wer hätte nicht gern die stylischen Sneakers aus dem Internet?

Es ist etwas Wunderbares, sich hin und wieder etwas Schönes zu gönnen!

In unserer Gesellschaft hat Geld einen sehr hohen Stellenwert.
Warum nur hat Geld so eine Anziehungskraft?
Warum scheint Reichtum das Ziel schlechthin zu sein?

Klar, wer genügend Kohle hat,
kann sich alles leisten, was er sich wünscht.
Aber viele Untersuchungen belegen,
dass reiche Menschen nicht glücklicher sind.

Man kann eben nicht alles damit kaufen:
Freundschaften, Liebe, Anerkennung,
innere Zufriedenheit,
Weisheit und Reife,
Offenheit und Ehrlichkeit
und dergleichen mehr …

Wie ist das bei dir?
Welchen Wert gibst du dem Geld in deinem Leben?

Stolpersteine

Du bist gestolpert und hingefallen?
Du hast einen Fehler gemacht?
Das ist nicht schlimm!
Das passiert jedem mal.
Es tut weh,
es ärgert und verletzt dich.
Verständlich!

**Stolpern und Fallen ist nicht schlimm,
aber Liegenbleiben schon!**

Du hast jemandem Unrecht getan?
Dann steh auf und bitte um Verzeihung!
Geh und entschuldige dich!
Vielleicht kannst du es wiedergutmachen.

Und dann mach weiter,
die nächste Chance kommt, mit Sicherheit.
Geh auf Lebens-Entdeckungs-Tour
und vergiss dabei nicht deine Verantwortung
dir selbst, den anderen und Gott gegenüber!
Sei klug,
hör auf dein Herz!

Outsider

So was Bescheuertes!
Da war dieses Fettnäpfchen –
und ausgerechnet du bist voll reingetreten!
Wie peinlich!
Alle haben es gesehen,
alle haben dich ausgelacht und gedacht:
Typisch, der mal wieder!

Am Liebsten hättest du dich weggebeamt
oder noch besser:
die Reset-Taste gedrückt,
um alles ungeschehen zu machen.

Stattdessen wurdest du rot, wie ein Mädchen!

Shit happens!
Jeder hat so eine Szene schon mal erlebt.
Aber nun ist sie vorbei!
Steh auf und fang wieder neu an!

Nun weißt du, wie es sich anfühlt, das Gespött der Leute zu sein.

Schau dich in deinem Umkreis einmal genau um:

Kennst du jemanden, der dauernd ausgegrenzt und ausgelacht wird?
Geh auf ihn zu!
Mach ihm Mut!
Sei ein Freund!

Werkzeug sein

Einen wie dich kann man gut gebrauchen!
Um unsere Welt schöner, heller, besser zu machen,
bedarf es vieler zupackender Hände.

Nicht nur als Politiker und Machthaber
kann man den Lauf der Dinge beeinflussen.
Jeder Mensch kann es
an jedem Platz auf dieser Welt
und zu jeder Zeit.

Just do it!

Und es ist eigentlich ganz leicht.
Das Geheimnis lautet:
Es braucht keine großen Wundertaten –
kleine Gesten genügen,
um den Tag eines anderen Menschen zu verschönern:

ein aufmunterndes Wort in einer SMS oder eMail
ein bisschen Unterstützung bei PC-Problemen
ein USB-Stick mit deinen coolsten Songs
ein anerkennendes Schulterklopfen
ein ehrlich gemeintes Lob
ein echtes Dankeschön
ein Krankenbesuch
einfach ein bisschen zusammen chillen
…

Und ein positiver Nebeneffekt:
Anderen Gutes zu tun erfreut auch das eigene Herz!
Sei ein Weltveränderer!

Ja, Gott kann dich gut gebrauchen,
mit dir will er Geschichte schreiben!

BE
COOL
JOY

Ausgepowert

Kennst du das Gefühl,
gleich umzukippen?
Keine Kraft mehr für den nächsten Schritt zu haben?
Alles ist zu viel,
jeder Tag ein Graus,
Stress pur …

Tief durchatmen!

Damit uns wieder klar wird,
dass wir nicht die großen Macher sind,
dass wir unseren Energietank mal wieder volltanken müssen.
Jeder von uns braucht hin und wieder eine kleine Auszeit:
ein Eis essen, einen kleinen Spaziergang machen
oder auf dem Sofa herumfaulen …

Hast du schon mal ausprobiert,
in diesen Zeiten auf Gott zuzugehen?
Hast du ihn schon mal
als Energiespender erlebt?

Probier es doch mal aus!
Er hat es schließlich versprochen:
Kommt her zu mir, die ihr müde und beladen seid,
ich will euch neue Kraft und inneren Frieden schenken!

Na, ist das nicht ein Angebot?

Lebens-Balance

Mit beiden Beinen fest auf dem Boden stehen und den Kopf hier und da in die Wolken stecken.

Positiv von sich und anderen denken,
ohne dabei größenwahnsinnig zu sein.

Die Seele baumeln lassen
und gegen Unrecht aufstehen.

Bescheiden leben
und großzügig sein.

Sein Glück genießen
und sich kümmern um den, der traurig ist.

Gut von sich denken,
ohne sich für besser als die anderen zu halten.

Aus dem Vollen schöpfen
und die Ressourcen dieser Welt im Blick behalten.

Erwachsen handeln
und kindlich vertrauen.

Am Puls der Zeit bleiben
und den Herzschlag Gottes fühlen.

2

Echt Hammer

Stimmt doch, oder?
Männer sind echte Könner!
Männer haben immer irgendwas zu tun:
Sie werkeln, erfinden, planen, programmieren, organisieren, reparieren …
Lieber tun, als große Worte machen!
Lieber anpacken, als die Hände in den Schoß legen!
Nach getaner Arbeit fühlt sich das Leben
irgendwie besser an.

Es scheint irgendwie in den männlichen Genen zu liegen,
stets cool und chillig drauf zu sein
und alles unter Kontrolle haben zu wollen.

Aber kein Mann ist immer nur stark und allwissend.

Kein Mann kann ewig durchpowern, ohne auszubrennen.
Kein Mann kann alles können.

Klar darfst du dich auch mal hängen lassen
und musst nicht mit allem allein klarkommen!
Klar darfst du auch mal Schwächen zeigen
und musst Fehler, die du gemacht hast,
nicht verstecken!

Von wegen Loser!
So, wie du bist, mit dem, was du kannst,
bist du bereits jetzt auf der Gewinnerseite.
Du musst nicht erst besser, schneller, cooler werden,
um ein vollwertiger Mann zu sein.
Believe it!

Wahre Freunde sind der Megaburner

Es ist toll, zu einer Clique zu gehören:
Leute zu haben,
die denselben Style
und Musikgeschmack haben
oder denselben Sport mögen.
Jungs, mit denen man richtig abhängen,
Action und Fun haben kann.

Freunde, die auch dann zu dir stehen
wenn du Bockmist gebaut hast.

Freunde,
mit denen du reden kannst
und die auch zuhören,
wenn es dir schlecht geht.
Oder mit denen du spontan mal
ein bisschen um die Häuser ziehen kannst,
oder die mit dir beim Kicken
Dampf ablassen.

Ein guter Freund
glaubt an dich und vertraut dir.
Er mag dich so, wie du bist.

**Selbst ein solcher Freund zu sein
ist das größte Geschenk,
das du dir und anderen machen kannst!**

Gegen den Strom

Nur tote Fische schwimmen mit dem Strom!
Es ist ja auch viel einfacher,
dem Mainstream hinterherzurennen,
sich jedem Trend anzupassen,
anstatt sich selbst etwas auszudenken.

Willst du das?
Ein Abklatsch von vielen, austauschbar sein?
Einer wie alle anderen?
Du musst ja auch nicht gleich extrem auffallen,
darum gehts nicht.
Aber sei aufmerksam,
damit du mitbekommst,
wenn etwas komplett falsch läuft
und wann es an der Zeit ist,
das Gleis zu wechseln.

Öffne deine Augen – schau genau hin!

Spitz deine Ohren – hör genau hin!
Spüre dein Herz – fühl, was es sagt!

Bist du mit dem einverstanden,
was um dich herum geschieht?
Ist es okay, nur weil es jeder so macht?
Ist es für alle in Ordnung,
haben dabei alle Fun,
oder geht es auf Kosten anderer?

Hab den Mut,
gegen Ungerechtigkeiten aufzustehen!
Hör auf dein Herz!
Lass das Gute in dir gewinnen!
Sei du, denn wenn du nicht du bist,
wer dann?

Echt sein

Bist du immer ganz du selbst?
Wer bist du, wenn dich keiner sieht?

Schon komisch: Wir sehnen uns so sehr danach,
uns so zeigen zu können, wie wir sind,
und doch setzen wir immer wieder neue Masken auf.
Kennst du das auch von dir?

Du hast so viele verschiedene Rollen,
denen du bitteschön allen gerecht werden sollst:
der Sohn, der Schüler, der Azubi, der Bruder, der Freund,
der Klassensprecher, der Sportler, der Trendsetter ...
Das schafft doch keiner, ohne sich zu verbiegen!

Man kann es eh nicht jedem recht machen!

Auch du nicht!
Bleib dir selbst treu,
sei ehrlich, offen, echt!
Solange du dir selbst ins Gesicht schauen kannst,
bist du auf der richtigen Seite.
Manchmal musst du hier und da
noch ein bisschen an deinem Verhalten schrauben,
aber ansonsten bist du völlig okay!

So bist du: unbeschreiblich liebenswert,
hilfsbereit und clever!
Jeder um dich herum spürt:
Wow, der ist real!
Dem kann ich vertrauen,
der ist ehrlich, der hält, was er verspricht,
und zieht keine Show ab!

Setz unbesorgt deine Masken ab.
Gott kennt dich sowieso,
weiß, was du lieber verbergen willst.
Er sagt immer Ja zu dir.
Tu es auch!

Zukunft

Manchmal hast du Angst vor der Zukunft,
fragst dich, ob es einen Sinn darin gibt.
Was kommt nach der Schule?
Wirst du einen Ausbildungsplatz finden,
ein Studium beginnen können?
Welcher Beruf passt überhaupt zu dir?
Sollst du den wählen, der dir am meisten Spaß macht,
oder den, der das meiste Geld bringt?

Wirst du die richtige Frau finden,
mit der du durchs Leben gehen kannst?
Heiraten, Kinder bekommen ...
Unvorstellbar?!

Was wird aus deinen Träumen?

Werden sie wie Seifenblasen zerplatzen,
weil dafür kein Platz ist
in der Welt der Erwachsenen?

Da sind so viele Fragen,
die dir manchmal das Herz schwer machen.
Schick sie hoch zum Himmel,
und schick sie raus in die Welt,
denn da ist einer
der sich um sie kümmern wird.

Have a break!
Atme das Leben tief ein
und vertrau darauf,
dass Gott einen guten Plan für dich hat.
Aber ja: Du hast eine Zukunft!

Leb dein Leben!

Geh deinen Weg,
es ist deiner!
Dein Leben,
das nur du gestalten kannst!

Es ist oft nicht leicht,
den richtigen Weg zu finden,
sich nicht zu verlaufen,
in keine Sackgasse und auf keine Irrwege zu geraten.
Das gehört leider zum Leben dazu.
Kein Weg führt ganz gerade zum Ziel,
oftmals müssen Umwege genommen
und Hindernisse überwunden werden.
Denn auf dem Weg zur Reife
gibt es keine Abkürzungen.

Hab Mut!
Vertrau auf dich selbst,
vertrau auf Gott,
der nur dein Bestes will,
und geh deinen Weg.
Und wenn du mal merken solltest,
dass du dich für etwas Falsches entschieden hast,
dann wag einen Richtungswechsel.
Es ist nie zu spät für einen Neuanfang.
Leb dein Leben!

Trau dich, deinen eigenen Weg zu finden und zu gehen,

nur du kannst wissen, ob er der richtige für dich ist.
Auch wenn deine Eltern, Freunde und Lehrer
alles besser zu wissen scheinen –
niemand steckt in deiner Haut.
Natürlich ist es sinnvoll,
sie auch mal um Rat zu fragen
oder sich an Vorbildern zu orientieren.
Schließlich mussten auch sie sich für einen Weg entscheiden.

Lohnt es sich?

Lohnt es sich, ein Leben mit Gott zu führen?
Wozu soll das denn gut sein?
Und doch, es lohnt sich!

Gott ist
… ein liebender Vater, der auf dich aufpasst und dich beschützt!
… ein guter Berater in allen Lebenslagen!
… ein geduldiger Zuhörer, dem kein Thema zu schockierend ist!
… ein treuer Freund, der dich nie mehr allein lässt, auch wenn du ihm aus dem Weg gehst!
… absolut verlässlich!
… ein liebender Gott! Er will für dich nur das Beste!
… gütig und barmherzig, seine Liebe ist unendlich!
… ein mächtiger Gott: Es gibt kein Problem, das er nicht lösen kann!
… ein vergebender Gott: Es gibt keine Last, die du nicht bei ihm ablegen darfst!

Christen sind nicht besser als andere.

Aber sie sind nie mehr allein
und haben den Schöpfer der ganzen Welt auf ihrer Seite!

Gott verspricht uns kein sorgenfreies Leben,
auch Christen haben Krisen und Probleme.
Aber egal, durch welches Tief wir wandern müssen,
Gott ist an unserer Seite
und trägt uns durch!

Ja, es lohnt sich,
mit Gott gemeinsame Sache zu machen!
Probier es doch einfach aus!
Was hast du dabei zu verlieren?
Absolut nichts!
Du kannst nur gewinnen!

Dein Leben liegt noch vor dir:
Starte jetzt voll durch!
Leb dein Leben!
Gott glaubt an dich!